KB080537

지구 특파원 보고서

손나래 시집

시를 쓴다는 것은
내 속에서 자유를 찾아다니는 것

꿈과 상상 속에서
미지로 찾아가는 것

물음표 생각과
느낌표 감성으로

2018년 6월 21일

차 례

● 시인의 말

제2부

제1부

나의 주소는
― 김삿갓문학제에서

대한민국 시인
천 명이 모인 속에 내가 있다

시인들이 아니라
시의 갑옷으로 무장하고
시를 시위하는
무장단체 집합소 같다
구령을 맞춰 낭송하는
연병장에는
전국에서 모여든
난고 김병연 선생들이
삿갓을 벗고 투구를 쓰고 있다

나는 혹독한 비무장이다
무섭다
알몸으로
그 속에 비비고 있으니
갑옷의 솔기 자락만 스쳐도

내 피부에서 피가 난다

식욕이 왕성하다

책을 한참 펼치고 있으면
책 속에서
활자들이 살아서 기어 나온다

스멀스멀 지면을 밀어내고
책상에서 바닥으로 기어 다니다가
벽을 타고 오르다가
떨어지고 또 기어오르는 것들

눈 깜빡일 때마다
허공에 사라졌다가
뇌에서 다시 살아나는 것들

껌벅거리는 눈의 헛바닥이
카멜레온 먹이 낚아채듯
먹어 치우고 있다

먹어도 먹어도 포만감이 없는

내 마음의 위장

황사 2

사막이 하늘에 떠 있다
비상구도 삭제된 고독한 문장으로
우주를 가로막고 있다
우주와 소통하던 그 길이
꽉 막힌 변기통처럼
지금은 내통도 불통이다

고독은 언제나 침침한 어둠 속에서
내 꿈을 파먹고 자라나는 사막 같은 것

저 사막 캄캄한 하늘에서
쓸 만한 모자 하나 안 떨어지나
생각을 버무리고 길을 걷는다

선인장이 뚝 뚝 떨어진다

선인장은 여린 제 살에 가시를 박고
사막의 고독을 독식한다

선인장은
전갈이 박제된 모자다

모자 속에서 전갈이 기어 나온다
전갈이 모래를 토하고 있다

꿈은 언제나 모래알
수식 없는 단어로 먼지처럼 떠돌며
문어발로 문장에 착착 달라붙지 않는
삭막한 그림이다

오늘도 내 그림에는
오아시스가 없다

4월

1

4월에는 꽃들이 경주하고 있다

걸음걸음마다
튀밥처럼 햇살 터트리며
걸음 호흡마다
아지랑이를 피우고
구름나그네 그림자 밀어내면서
만국기 펄럭이는
올림픽경기장같이
트랙을 돌고 있는 꽃들

바람도 관람하는 자세가
부처님 같다

2
나그네가 몰려온다
이마에 진주 같은 방울이

맺히기 시작한다
입술과 혓바닥 사이
경련이 일어난다
꽃 비늘이 떨어진다

비단잉어 등짝 같은 대지
토닥토닥 봄비가
지느러미를 치고 있다

소음테러

한 마리가 신호를 보내면
개소리들이
집집마다 뛰쳐나온다

사나운 짐승으로
골목을 헐떡거리다가
창살을 부수고
하마처럼 방으로 넘어와
불면과 두통이
거미줄을 치고 있는
내 머리통을 파먹어댄다
소리에 파먹히는 골통

골통은 피를 흘린다
흐르는 피들은
헐떡이는 가슴을 통과하고
흐르고 흘러 골목을 적신다

피 냄새를 맡고
이제는 골목을 물어뜯는
저 개떼들
골목의 사지 찢어지는
비명
골목의 뼈다귀 하나씩
물고 달아나는
저
개
새끼들

요리

시인들은 언어의 백정이다
산문을 도살하여
부위별로 엄선한 메뉴들
인터넷에 클릭 한 번으로
정육점에서 배달되는 고기들

가스레인지에 올려놓고
생각의 소스를 발라 요리를 한다
안동간고등어처럼 간이 배어 있다
닭똥집에 똥 털어내듯이
관념을 털어내
양념이 배어 있는 고기들

고기들 중에는
한 2500년 전쯤 그리스 이민 갔다가
디오니소스 축제에서
와인이 배어 있는 고기도 있다

사랑니

1

오래된 사랑니를 뺀다

종유석 동굴처럼 딱 벌린 아가리가
내 것이 아닌 감각에서
치과의사는 소 잡듯이 이를 잡아도 이빨은 뿌리를 내놓
지 않는다
지나온 삶이 흔들리지 않기 위하여 단단한 고집뿌리를
이토록 깊게 묻어 두었던 것일까

(나는 20년 동안 처가를 한 번도 가지 않았다 한때 불편
했던 이유로, 명절이 수십 번 지나 막내처남 결혼식에도,
장인어른 이승의 마지막 병중인데도 가지 않는 것처럼)
흔들리지 않는
앙다무는 이빨 사이에서 증오를 사랑으로 소화하지 못하
고 사랑채 같은 사랑니에 다져 왔던 뿌리이던가
뿌리가 바닥을 치고 L자로 뻗친 것이 종교보다 무거운
침묵으로 자리 잡고 있다

침묵을 도려내지 못하는 치과의사는 종합병원으로 가라
한다

　　삶이란 전을 벌리다가도, 이런 보따리도 싸야 하는가
　　종합병원으로 가는 자동차 바퀴가 아스팔트에 닿는 것
처럼
　　얼얼한 턱의 취조取調

　　지나가는 사람들 이빨의 뿌리가 걸어가는 모습이다

　　2
　　종합병원, 취조대 같은 침대에서 턱을 내어 준다
　　마음은 도마 위에 누운 물고기처럼
　　가운 입은 사람의 손등에서 파닥거린다

　　흔들리지 않던 뿌리, 흔들지 않고 조각조각 떼어 낸다 무
덤을 발굴하는 사학자처럼, 무거운 침묵 속에서 철의 장벽

이 무너져 내린다 그동안 한 번도 무너지지 않았던 나의 베
를린장벽

지진

폐지 신문뭉치를 들다가
그대로 딱
허리에 지진이 발생했다
한 치의 꼼지락거림도 허락지 않는
진앙 부위에서
온몸으로 파장되는 통증,
숨이 멎었다

그것은 가벼운 폐지가 아니라
그 속에는 세상의 무거운 문장을
감추고 있었다

바람을 내장으로 들이는
무 같은 것이 아니라
척추보다 단단한 단추의 고리뼈로
무장한 문장의 무덤이었다

나의 모자란 생각이

통증의 열꽃을 피웠다

마이너스 음계를 타고 올라와

한숨이 야적되는 거리

가로수에서도 여진은 계속된다

가까이 하기에 너무나 아픈 똥구멍

수술하기 위하여 아랫도리 마취를 한다
쪽팔리게도
간호사들이 둘러선 가운데
숲속까지 보여주고 꽃밭에 물 줄 일 없는
수도꼭지에 호스까지 꽂아야 하는 부끄러움도
마취를 한다

생각해보면 우리는
처음부터
쪽팔리게 태어난 것이 아니던가

남자든, 여자든
여러 사람 앞에 보여줄 것 다 보여주고
쪽팔려서 울음부터 터뜨리고
인생이 시작된 것이 아니던가
자라면서 더 쪽팔려서 가릴 것 다 가리고
양심까지
가리는 것이 우리가 아니던가

수술을 마치고 훈장같이 달고 나온
무통제 링거수액이 아픔을 위로 하고 있다
소통이 고통이 되는
제조공정을 거친
거친 시위대 같은 똥들이 밀려 나오고
붉은 피가 터지게 통제하는 사이에서
최루탄 가스가 난무하고 있는 현장에
변태便胎의 난산은 계속된다

콩나물 가족
― 불협화음

나는 세고비아 기타를 가지고 발바닥 연주를 합니다

연주와 발가락 사이에서 햇살을 싫어하는 콩나물
오선지 위에서 물구나무도 서고요
소리바다에서 사육되던 발라드는 음정을 탐색합니다

물구나무섰다가 머리가 실종된 콩나물은 음표가 없고요

(콩나물 가족에게 음표가 없다는 것은
콩나물에 머리가 없는 것
악보에 리듬이 없다는 것은 발레가 발바닥을 읽어버린 것)

발바닥이 신발을 머리에 달았습니다

머리 대신 신발을 달고 있는 것이 더 안전해요

신발 달린 콩나물들 꼬리도 달았습니다
꼬리를 흔드는 콩나물

발라드보다 발바닥이 더 아다지오에요

발바닥이 발레로 변주할 음표가
이분음표 음정으로 어정어정 천장에 매달렸습니다

나는 세고비아 기타를 높은음자리에 걸어놓고
구구단을 열심히 두드립니다

문법적인 삶

나는 주어를 잃어버렸다

호주머니 뒤적거리고, 올 데 없는

손전화만 만지작거리면서

만지지 못하는 사랑은 문법적으로 외로워진다

사랑은 생활에 제1의 주어이지만

마음의 질량이 번지를 유예하면서

나는 명사에게 전화를 할까 망설이다가

동사에게 생각을 수신호로 보낸다

신호등보다 수신호를 우선하는 자동차들처럼

자동으로 달려오는 자동사는 주어를 찾으려고

문장에 화려한 수사법을 덧칠하지만

주어를 찾지 못하는 나는

생각의 한계를 벗어나지 못하고

문법적으로 안전하게 슬퍼진다

생활이 언어의 숲으로 이루어진 문법에서

2진법 리듬으로 가야 할 체언이 체면 없이

부적격조사(부사격조사)로 비틀거림에

수사가 타동사로 바뀌면서

조사는 번지를 잃고 어미를 착각한다
용언은 형용사에 몸을 섞어보지만
수식이 되지 않고 서술격조사로 헷갈리어
바탕화면에 커서만 껌벅거린다
마음이 사이시옷에 가위눌린 자세로
분명한 의사 표현을 해야 할 부사가
허우적거리며
어간에서는 동원되지 않는 관형사가
개입하면서 용감하게 용언을 해체하고
어근을 뽑아 품사로 분석하는 작업에서
어절을 분석할 수 없는 신변이
어지러워진다

백일홍

여름이 농성 중이다
몸에서 땀이 솟는다
땀은 내 몸을 수호하는 전사들이다
육체의 영토 보존하기 위하여
보호 본능에 충실히 하는
백일홍처럼 피어나는 용사들이다
군번도, 계급장도 없이 비목처럼 사라지는
무명용사들이다

몸에 땀의 역할이 없다면
육체의 영토는 사막처럼 황폐해질 것이다
푸석이는 갈대를 닮아 갈 것이다
TV 화면 속 먼지를 뒤집어쓰고 있는
저 아프리카 아이
모래바람이 육체를 스쳐도 더 마를 것 없이
갈대처럼 된 것도
영양실조가 아니다
먹지 못해서 가죽과 뼈만 남아

해골로 보이는 것이 아니다

필시 제 몸에
땅의 영역을 확보하지 못했으리라

MRI

나는 시내버스 기사다

출근길 해골들이 정류장에 모여 있다
모자를 쓰고 있는 해골
핸드백을 들고 있는 해골
가방을 메고 있는 해골
부자도 가난뱅이도 똑같다

서로 인사 없이 얼굴을 쳐다보면서도
해골이 된 것을 아무도 모른다

스마트폰 손에 들고
이승으로 통화만 하고 있다

나는 하루치 저승으로 갈
해골들을 버스에 태운다
버스 손잡이에 해골들이
주렁주렁 매달린다

박쥐가 동굴에 매달려 겨울잠 자듯이

새벽에 다 소화하지 못한

하품을 게워 내고 있다

과속방지턱을 넘을 때마다

어젯밤 침대가 덜컹거린다

교차로를 지날 때마다

더듬이를 곧추세우는 해골들

지나가던 생각이 붉은 신호등을 받으면

저승으로 가는 멀미가 정지선에 멈춘다

멈춰서 바라보는 해골들

정류장에서

환승하면 이목구비가 보인다

독사

아버지 경칩의 문을 열고 나올 때부터 아버지는 다리가 하나만 있는 줄 알았다

자라면서, 소말리아 아이처럼 가난에 시달리는 것이 아버지 다리 하나를 잃어버린 탓이라는 것도 알았다

나는 도토리묵처럼 잘려 나간 아버지 다리를 찾기로 했다

(일제강점기 큰아버지는 징용에 가고 아버지는 식구들을 먹여 살렸다 주식은 칡제비였다 서리가 내리던 가을날 오후였다 칡을 캐오던 아버지는 신작로에 일광욕하던 독사를 밟았다)

발등에 두 점 문신이 새겨졌다

그날 밤, 온 동네는 통증으로 수군거렸다

문신은 발등에서부터 허벅지까지 몸을 부풀리기 시작했다

가난이 병원 문지방을 막았다

　다리의 살점은 어묵처럼 허물거리며 썩기 시작했다 냄새
는 바람을 타고 옆집마다 마실을 다녔다

　발등에 뼈가 드러났다 살아 있는 송장으로 진주도립병원
엘 갔다

　일본인 의사는 아버지를 마루타로 생각했다 다리에 흥부
가 박을 타듯 톱질을 시작했다 통증이 보석처럼 빛났다 자
애로운 의사는 빛나는 통증에 조소嘲笑를 싸매 주었다

　굿은 날이면 잘려 나간 다리 울음소리가 들렸다 아버지
는 세숫대야 찬물로 울음을 달랬다

　나는 울음소리를 따라 세상 숲이란 숲은 다 뒤져도 아버
지 다리는 보이지 않았다

성북동 제비*

이사 온 집에 페인트칠하면서
처마에 세 들어 있던
제비집 두 채를 헐어 버렸다

제비집이 여기에만 있을까
개발딱지 붙이고 철거용역회사 군홧발,
개미집 뭉개듯이 뭉개는 가난한 세입자들 마음
박 씨로 물고 온 것 같은 제비들
촛불시위를 하고 있다 거리를 배회하는 군중처럼
집 주위를 돌며 시위를 벌이고 있다
흔적이 지워진 자리 바라보면서
전깃줄에 앉아 눈에 촛불을 켜고
호롱불 꺼진 처마 밑을
상하좌우로 갸웃거리고 있다
강제퇴출 된 재개발지구 그들같이 갈 데가 없어
맨발로 지푸라기 잡듯 전깃줄만 잡고
아직은 지난해 식구들 체온이 남아 있을 듯한
매트리스 흔적이 사라진 자리

생각의 점자로 더듬고 있다

놀부 시대보다 더한 시대라고
제비들, 필리핀 방언으로 지껄인다
성북동 비둘기**가 된 부리에서
놀부는 다리만 부러뜨리고
집은 철거하지 않았다고

* 김광섭 시 제목 차용.
** 김광섭 시 제목.

제2부

열탕사우나
― 유황온천

사우나 열탕 속에는 고래가 산다

고래를 잡기 위해 사람들이 모여들고 있다 포경선과 작살도 없이 알몸으로, 문명도 계급장도 모르는 원시인들처럼, 고래 숨소리에 기도하듯 생각을 맞추니

요나는 고래 뱃속에서 고래가 먹은 것을 다시 받아먹으며 대양을 표류하다가 고래를 버스처럼 몰고 대륙으로 이동한 것을 생각해 낸다

살아 움직이는 것 중 제일 큰 덩치의 서식지가 바뀐
고래는 깊은 지하세계에 웅크리고 있다 용암을 먹고 유황 뿜어내고 있다 그 냄새에

사색하는 사람들

고래를 잡으면 고래등을 타고 바다로 나아갈 꿈을 꾸고 있다 고래수염처럼 생각을 휘날리며

태평양과 대서양을 지나 세이렌이 유혹하는 지중해까지

다도해 지도를 머릿속에 저장하며 이 세상에서 이루지 못한 꿈을, 세이렌의 영역 에게해에서

고래등 위에 집을 짓고

하루의 반은 새와 더불어 지내며 나머지 시간은 세상에서 가장 아름다운 목소리를 가진 여자와 살을 섞으면서

고래등 낙원을 꿈꾸고 있다 해골을 사랑하면서

차일드마더

― KBS 1TV 특별기획 〈G20 희망로드대장정〉을 보며

(예멘에서 13세 신부가 23세 신랑과 결혼 3일 만에 생식기 과다 출혈로 숨졌다. ―『서울신문』 2010년 4월 10일 16면.)

1

우간다 수도에서 700km 떨어진 곳에 에이즈에 걸린 차일드마더들이 모여 있다 반군에게 납치되어 위안부처럼 끌려다니다가 탈출한 13살 산모는 "아이를 죽이고 싶지만 그래도 내 핏줄인데" 하면서 젖꼭지를 물리고 있다 꼭지가 꼭지를 물어 사막이 붉게 물들어 간다

2

붉은 사막에서 태어난 그들, 피부는 파리 떼 꿀단지다

옷가지 하나 걸치지 못해 사막 광합성 작용으로 패장의 갈색 갑옷 같다 발기된 남자 성기처럼 배꼽을 달고

모래바람에 상처를 꽃피우고 있다 화농의 꽃, 연지곤지처럼 붙이고 있는 얼굴에 예멘 13세 신부 새신랑같이 달려드는 저 파리 떼 쫓지 않는다 극심한 영양실조로 팔에 힘이 없어가 아니다 다른 생명들에게 살신성인하는 것이다 눈동자는, 퍼가세요 마음대로 나를 퍼가세요

저항하지 않을래요

눈 하나 깜박하지 않는다

파리 떼들 꿀단지에 머리를 처박는다

3
네 살 소녀 '아비요 마시다'는 개미가 꿀단지다

에이즈 합병증 족쇄가 채워져 일어서지도 못하는 마시다, 굳은살 엉덩이를 보료처럼 깔아 기어 다니면서 개미를 주워 먹고 있다 개미들이 뱃속에서 알을 까고 번식을 한다

수많은 개미를 임신한 소녀 아랫배는 만월이다

비정규직

목이 잘려 천 년을 살아온
부처를 생각해 본다
미처 부처가 되지 못해도
목이 잘린 사람들
걸어 다니고 있다
지하철과 버스터미널에도

목에 풀칠을 단단히 하지 못한 사람
목이 떨어져 피를 흘린다
이차돈의 잘린 목에서는
흰 피가 솟았다는데
요즘 사람들
검은 피가 흘러내린다

검은 넥타이가 흘러내린다

흘러내린 넥타이들이
목을 찾아다닌다

새로운 목에 자세를 고쳐 매기 위하여

목 잘린 닭이 피를 뿜으며

방향 감각을 모르듯

공원과 광장을 찾아다니며

수화를 하고 있다

황사 3

— 사월

서하西夏의 바람은 낙타의 눈에서 시작된다
눈썹 껌뻑거리고 모반을 꿈꾸며
국경을 넘어온 이 모래먼지는 우주의 피부다
피부가 부서지는 질서에서
긴장된 희망을 본다 희망은 아름다운 오월,
오월은 나의 마음처럼 흔들리고
전생에 호수*였던 기억들이 오로라로 덮은 허공
움켜잡은 손마디마다
사막이 쏟아진다 호수의 미라가 쏟아진다

이불을 털어내고 감각이 꿈틀거리는 케찰코아틀**
비상하는 깃털의 방향을 따라
사월 하늘과 땅 사이에 모래 영혼을 뿌린다
바람의 심장은 뱀처럼 요동치는데
미라의 눈빛들 꿈속에서 서걱거린다
내면에 불시착한 유목의 입자들
머나먼 미지로 돌려보내면서 초원을 상상한다

사막 영혼들이 떠도는 하늘

착지에 실패한 햇살이 묘비를 세우듯

삭막하게 시간이 멈추어 버린 곳

얼룩이 지는 지평선 위에

사월의 생각은 허공이 지배한다

* 전생에 호수 : 타클라마칸 사막 동쪽 타림 분지 안에 큰 염호였으나 지금은
말라서 사막으로 변했다고 하는 호수.
** 케찰코아틀quetzalcoatl : 깃털 달린 뱀. 아즈텍 문명의 위대한 얼룩, 천상
신으로 알려져 있으며 우주의 질서, 세계와 인간의 생멸주기를 결정하기도
한다.

월광곡*

달밤 호수에

오선지 높은음자리에 앉아서

그는 낚시를 드리우고

월척을 사색하고 있다

두 눈의 야광찌 월광에

껌뻑거리며

보청기 소리 챔질로

피아노 건반 손맛으로

달빛 방울 건져 올린다

피아노 아가미 속에서

지느러미 파문으로

옹알거리는 방울들

오선지에 폭풍처럼 일어선다

* 베토벤 피아노 소나타 14번.

뻥땅

오늘 날씨는 비싸겠다

햇살은 적당하게 익어 있고

봄에 취한 바람도 간들간들하는 눈빛이다

나비는 꽃송이에 전세를 들었는지

수시로 들락거린다

오늘은 우산도, 양산도 없이

그냥 신발 끈만 묶으면 되겠다

어서 저 날씨를 사야지

정신없는 사람이 오줌을 싸서 날씨가 젖기 전에

선글라스 쓴 남자가 수박처럼 자동차 트렁크에 담기 전에

어서 날씨를 사서

김밥처럼 포장하면 되겠지

그리고 숨겨놓은 애인을 찾아

오늘을 뻥땅 쳐야지

수탉
─ 불면증

1

잘 때마다 약을 먹어야 된다
약에는 잠이라는 영양가가 있다

약을 먹지 못하면 하늘의 별을 먹는다
처방전 없이 먹어도 되는 별
별에는 하얀 냄새가 있다
냄새만 먹다 보면
별이 알약처럼 흩어져 있는
하늘 행간에 와 있다

2

닭이 울면 새벽이 올 것이다
새벽이 오기 전에 닭을 찾아야 한다

은하수 옆 움막집에서
머리에 붉은 해를 달고 있는 닭
왕관처럼 빛나는 해를 달고 있는 저 수탉

그냥 울게 내버려 둘 수는 없다

곡괭이를 들고

닭장을 부수고

모가지를 비틀어서라도

해가 떠오르지 못하게 해야 한다

닭의 모가지를 비튼다

단말마로

홰를 치는 발톱에 걸려

지구가 돌고 있다

오페라 모자

― 탈춤

모자가 연주되었다

표정이 연주될 때마다 배후가 드러나는 모자들

악보에서 흩어지는 음표를 감상하는 것처럼

사람들 관심이 집중되었다

횟집 주방장 모자보다 높은 절상건이

높은음자리 표정으로 주연을 베풀자

새우들의 음표가 배경음악으로 허리를 굽히면서

왕국오선지에서 연주가 시작되었다

탕건과 망건들은 아리아를 부르고 있다

아리아가, 아리랑으로 변주되고 아리랑이 아주까리로 아
주까리가

아부와 아첨으로 변주되어 불협화음이 망국의 음계를 드
러낼 때

투구는, 난세의 악보를 지휘하고 칼의 변주가 시작되었다

칼끝에 묻어나는 음표들

온음표에서 2분음표, 4분음표, 8분음표……

조명이 음표의 피를 비추면서

무대는, 천천히 눈 을 감 는 다

무대가 눈 을 뜬 다
판소리 탈춤이 시작된다 왕국오선지서 불행했던 것들이
물음표 같은 음표의 버전으로 탈춤을 춘다
탈바가지 구멍으로 세상을 바라보고 있다
현악기 엉덩이처럼 공명통을 가진
합장한 바가지를 두드리는 스님 목탁에서
음표들이, 염주의 버전으로 옥타브를 올릴 때

무대 아래에서
해골바가지 모자 하나씩 감추고 있는 관객들
기립박수 중이다

지구 특파원 보고서 1

1
여기는 지구 온실입니다

2
사람들은 이파리마다 안테나를 달고 스마트폰에 수경재배 되고 있습니다
안테나 마디마디에서 광합성을 소통하며
소통에 중독되어 1시간이라도 부재하면 벤조디아제핀 주사를 맞아야 합니다
주삿바늘 끝에 묻어나는 나무 비린내가 발을 동동 구르다가 멈추곤 합니다

3
마천루 숲속 씨방마다 이종교배가 한창입니다
수목원에서는 새로운 환경에 적응하는 품종개발을 위하여 혼종교배도 이루어집니다

품종발전과 유통을 위하여 인간종묘상이 성업 중이며

우주행성 중에서 사람들이 재배되는 곳은 지구밖에 없습니다

온실가스 과다로 진화에 거듭해온 사람은 탄산가스를 흡수하고 산소를 뿜어내고 있습니다

산소가 지구의 새로운 공해물질로 상종가를 치게 되었습니다

4

지구에서 스마트폰은 도깨비입니다

매뉴얼에 이파리만 두드리면 시스템라인으로 나무에 필요한 것들이 배달됩니다 버스정류장에서도 나무들은 한 발짝 움직이지 않아도 BIS 정보자동시스템으로 하루치 시간의 토양에 배달하여 심어줍니다

토양성분에 따라 흑색 백색 황색종이었으나 혼종교배로 이제는 황금색으로 통일이 되는 중입니다

나뭇가지마다 황금이 주렁주렁 열리고 있습니다 사람들은 황금을 보면서 황금같이 시들어가고 있습니다

지구 특파원 보고서 2

1
여기는 지구 온실 어느 반도입니다

나무들이 살기에 날씨가 불편합니다

2
언제 벼락을 칠지 모르는 시베리아 찬 고기압과 태평양 열대성 저기압이 팽팽하게 전선을 이루고 있습니다

만약에 서로 부딪히기라도 한다면 지구 온실 뚜껑이 흔들릴 것입니다

한때는 장마전선으로, 남북으로 왔다 갔다 하던 구름이 갑각류 등껍질처럼 굳어져 버렸습니다

언제 전선이 돌변하여 소낙비나 우박이 쏟아질지 불안한 나무들은 큰 우산을 미리 쓰고 있습니다

국어사전 같은 큰 태풍에 우산이 날아갈까 두려워 철갑을 두르고, 산과 바다가 마르고 닳도록 이파리에서 광합성 작용이 한창입니다

이데올로기 주파수로 나이테 칩에 저장되는 기억의 기압 골이 가파릅니다

　등고선 골짜기마다 불안한 후렴구 안개가 엎드려 숨을 죽이고 기다립니다

　3
　따뜻한 기후에서 태어난 나무들은 자전거를 타고 일렬종대로 날짜변경선 같은 강가에서 뿌리를 적시고 있습니다
　탄산가스 소비를 촉진하고 뱃살 이끼를 제거하기 위해 호흡에 시동을 걸고 지느러미를 파닥거립니다
　먹구름이 몰려올 것을 예감하면 시동을 멈추고 사색을 합니다
　당산나무보다 큰 덩치의 나뭇가지마다 주렁주렁 달린 '머니'가 낙과되지 않을까 생각이 구름보다 많이 부풀어집니다

야구일기예보

거실 TV에서 남자가 야구 중계를 보고 있습니다

외출 준비를 마친 여자는 안방에서 나와 일기예보에 TV
채널을 바꿉니다

남자는 다이빙캐치로 리모컨을 낚아 채널을 돌리자
마이크를 들고 있던 아나운서가 9회말 투아웃 만루에서
주자가 안방을 훔친다고 떠듭니다

거실에는 주자 두 명이 남아 있습니다

(오늘의 홈그라운드날씨는
저기압과 고기압이 공존하면서 안개비가 내릴 예정이었
습니다)

하지만 남자는 일기예보에 없던 배트를 휘두릅니다
배트가 여자 엉덩이를 맞힙니다
여자는 데드볼이라고 웁니다

남자는 오늘의 일기예보에는 슬라이더가 오기로 되어 있었는데

　직구로 들어왔다고 화를 냅니다

　여자는 감독의 사인도 못 보는 병신이라는 말을 글러브째 집어던집니다

　남자는 이왕에 때릴 거면 홈런을 못 쳐서 억울해합니다

　여자는 베이스를 베고 아예 누워버립니다

　남자는 변화구에도 없는 변태라고 직구를 누워 있는 여자에게 소나기처럼 던져대고 있습니다

　여자는 일기예보에 없던 소나기라고 대성통곡을 합니다

　안방에서 고개만 내민 아나운서는

　이렇게 경기가 안 풀리는 일기예보는 처음이라고 마이크 볼륨을 줄입니다

화장실 극장

좌변기에 앉아 두루마리를 감상한다 영화 필름으로 풀려 나오는 두루마리 화장지를

스크린에서는 '인생은 똥이다'라는 자막이 지나간다 과녁을 빗나간 화살이 꼬리를 흔들 듯
화장실 광고 스크린에는 '다 보인다'라는 자막도 도마뱀이 꼬리를 자르고 달아나듯 도망간다

흥행에 실패한 감독은 화장실 벽의 낙서를 지우고
'레디고' 대신 변기의 물을 내린다 다 노출하면서까지 연기에 성공한 배우도 비데기 스위치를 누른다

연출가는
배우의 의상을
상상으로 처리하여
탁월한 능력에 대한 관중의 박수가
하수구로 쏟아진다

공중화장실에서는

포르노 배우들이 번호표도 없이 배수진을 친다

비둘기 샘

비둘기가 가는 샘이 있다
샘물에 비둘기 그림자가 비친다
그림자가 숫자로 변한다
아라비아숫자는 날갯짓한다
아라비아숫자가
구구구 구구단을 외우고 물을 마신다

나는 공원 벤치에 앉아 구구단을 외운다
이이는 사 이사는 팔
팔자걸음으로 뒤뚱거리는 비둘기
목이 마른 비둘기는
구구단을 먹으려 구구구 모여든다

비둘기가 가는 샘이 있다
샘은 날마다 동그라미를 낳고 있다
비둘기는
둥근 곡선의 동그라미에 둥지를 틀려고
머리를 조아린다

어둠이 내려질 때쯤

둥둥 북을 울리면

비둘기는 달을 품으려고 달려온다

수평선

모자를 벗고 있다 술병들은
테이블 위에서 단체로 여자를 바라본다

여자는 혼자 술을 마시고 있다
옆에서 누가 따라준다 해도 손사래 친다

술병에 혼자 지문을 남기기 위해
술잔에 혼자 지문을 지우기 위해
여자는 바다보다 깊은 생각에 잠겨 있다

(나도 생각이 무거워 잠이 안 올 때
혼자 술을 마신다
술잔의 수평선을 바라보면서
새벽을 안주 삼아 마시다 보면
방 안에 빈 술병이 떠다니면서
침대가 무인도처럼 떠 있을 때가 있었다)

바다 한가운데

무인도로 홀로 떠 있는 저 여자
바다 같은 술잔으로 들어간다

술잔 속이
자기 속보다 편안하게 보인다
여자의 머리카락이 넘친다
거품이 파도가 되어 여자를 바라본다

술잔에서 여자의 새벽이 흘러내린다

그림일기

야시장에서 양배추
두 마리를 샀다
꿈틀거리며 양배추가
알을 까고 있었다
양배추 알을 마당에 심었다
마당에는 비가 내린다
심어진 알에서 떡잎이 나오고
떡잎이 무럭무럭 자라서
정원을 완성하였다

정원에는 꽃이 피었다
배추벌레들이 꽃을 번역한다
번역하는 꽃에서
단어들이 기어 나온다
꿈틀거리는 단어들
날개가 나오기 시작한다
페이지를 넘기자 나비들이
날아오른다

제3부

물침대
― 논개의 독백

자, 어서 물침대로 들어갑시다
이 순간을 위해 당신을 기다렸어요
행주치마도 입어봤어요 옥비녀와 옥가락지로
단장하고 당신을 기다렸어요
사랑해요, 죽도록 사랑해요
남녀가 가락지 하나로 사랑을 언약하는데요
보세요, 얼마나 사랑했으면
당신을 위해 가락지를 열 개나 끼었겠어요

당신이나 나나 이런 물침대는 처음 일게요
자, 저고리를 벗어드릴 테니
어서 이 옥비녀를 드세요, 옥동자를 낳을게요
아이를 토실토실하게 키워
성찬*을 마련하겠어요, 큰놈을 요리하여
남강유등축제 때 안주 삼아 축배를 들어요

잉어도 입을 뻐끔거리잖아요, 보세요
메기는 수염이 자꾸 자라고 있어요

우리 작은 옥동자도 어서 자라게 하여

촉석루 나들이 갑시다

그리고 이 옥가락지도 드세요

먹을 때마다 예쁜 공주 하나씩 낳을게요

열 명의 공주를 낳아

메기처럼 줄줄이 죽창에 꿰어서

둘이서 메고 자랑삼아 진주성을 한 바퀴 돌아요

그러면 그때 함성이 보일 거여요

* 그리스 신화. 자기 자식 이튀스를 잡아 아비에게 먹이는 아내의 복수극
에서.

육필肉筆

1
시를 쓰기 위하여 옷을 벗는다
직장 서류뭉치에 얻어맞던 스트레스 옷
누구에게도 스트레이트 한 방 날리지 못한 마음으로
등록금 벌기 위해 석유 냄새나는 옷 벗는다
산유국 아들이 되지 못한 마음 석유처럼 쏟아 내면서
외도하고 바람이 잘 통하는 옷
내통했던 양심까지 벗는다
벗을 것 다 벗어 버리고
원고지 같은 바닥에서 먹을 갈고 있다
달이 다 닳도록* 먹을 갈고 있다

2
일인칭 몸에서 떨어지는 필체들
느낌표에 물음표가 덮친다
물음표를 물고 있는 꼬리표에
사표를 던지고 싶지만
마누라 따옴표의 따가운

따발총 소리가 연평도 포격처럼 생각날 때

희미해진 행간

쉼표에서 다시 물음표를 물고

허우적거린다 문장에 마침표를

찍지 못하고 미늘에 걸린 물고기처럼

뻐끔거리고 있다

육체에서 뚝뚝 떨어지는

마침표만 바라보면서

* 민구의 시 「오늘은 달이 다 닳고」에서 변용.

내 장례식을 본다

나를 매장하기 위해 모여 있는 사람들이 낯설다
내가 죽고 나니 따르고 섬기던 식구들은
동사무소 가기도 전에 속내를 드러낸다
마누라는 얼굴에 눈물 자국이 말라붙은 채
내 보험금이 얼마인지 계산기를 튕기고
큰아들놈은 부조함 봉투 챙기기에 바쁘고
작은놈 둘은 내 유산에 생각을 맞추고 눈싸움이다
딸년은 살았을 적에는 그래도 애비를 섬기더니만
이렇게 되고 나니 애비 잃은 슬픔보다
유산 앞에서는 딸도 자식이라고 핏대를 올린다
며느리들은 내 제사상 다리를 누가 붙들 것인지 걱정이다
손자 놈들은 할애비에 용돈이 잘려서 억울해한다
포클레인만 용을 쓰고
이웃 사람들은 도시락 챙기기에 바쁘다

그중에서도 대성통곡을 하면서 내가 죽은 것을
너무 억울해하는 친구가 있다
아 그래도 내가 살아서는

친구들에게 인심은 잃지 않았다고 생각하는데

자세히 보니 내가 고스톱판에서

삼만 원 빌리고 못 갚은 친구다

진달래

산에
봄이
불타고 있다

홀라당 벗고
뛰어들고 싶다

사랑하는 사람과

요즘 두 마리
치킨이
유행이라는데

열대야

성난 성기 같은 날씨다

탱탱하게, 밤마다 부풀어 오르는 더위를 식히기 위해서
라면 황금소나기*라도 내려야 하는가, 바람마저 피서를 떠
났는지 세상은 거대하게 진공 포장된 열대야 속, 성령처럼
뜨겁게 군불을 지피던 태양도 사라졌다 사냥개처럼 헐떡이
는 열 받은 저녁, 모공에서 타액이 분비된다 흥건히

아랫도리를 적시는 날이면 잠은 불면의 악어로 변한다
어린 시절 그림책에서 본 악어들, 고생대와 중생대에서도
살아남은 것들, 아마존 열대우림에서 안데스산맥을 넘어,
불면의 내장을 타고 지구 반대편에 있는 방 안에 빈 술병처
럼 떠다니는데

하얀색 알약 하나가 악어와 흥정을 벌이고 있다

* 다나에를 범하기 위한 제우스 변신술.

여름 숲

시퍼런 숲속으로 빠져들어 간다
불편했던 생각들
허우적거리며 헤엄을 쳐 보지만
바닥에 닿지 못하는 내면들
파도가 불어오고 있는 심해 속
수많은 혓바닥이 날름거리고 있다

축축한 어둠을 핥기 위하여
일제히 눈을 뜨는 혓바닥들
머릿속에서 버섯처럼 피어나는 찬바람

혓바닥들은
차가워진 심장을 핥아대기 시작한다

불편했던 사생활 생각들
얼음 위에 글자가 녹듯 사라지고
실험용 수술대에서 도망쳐온 개구리처럼
텅 빈 내장을 의심하는 목어의 눈빛이다

사생활로 떠다니는 목어의 옆구리에서

고사목 독백이 흘러나온다

겨울 냉탕

폭포를 맞았다
내 머리를 도둑맞았다

아랫도리는 분명히 있는데
바닥에 충실한 발가락도
꼼지락거린다
내 머리, 내 머리는 어디 갔을까
누가 내 머리를 훔쳐 갔는지
칼 같은 찬물이 잘랐는지
피 한 방울 보이지 않고
사방을 둘러보아도
떨어진 머리도 보이지 않고

지금까지 얼마나 많은 것들
머리에 구겨 넣고 살아왔는지
천 근 같은 무게에
흔들리고 자빠지고 코 빠지고 하던
골치 아픈 머리가 없으니

내장이 환하다

장마
― 빨래집게

새들이 나란히 앉아 있다
옥상 빨랫줄에
그림자는 움직이지 않고
하늘만 쳐다보며 일기예보를 읽는다

하늘이 페이지를 넘긴다
구름이 지도를 그린다

아마존 열대우림이 그려진다
하늘에 금이 간 듯 악어가 쏟아진다
아프리카 초원이 펼쳐진다
코끼리가 쏟아진다
태평양 해안선이 나타난다
야구글러브 같은 바나나가 떨어진다

비키니를 입고
해안선을 걷고 싶은 새들의 다리에
장화가 붙어 있다

'장화는 귀찮은 존재야'
하는 새의 주둥이에서 지렁이를 게워 낸다

나는 바나나만 골라
바구니에 주워 담는다
바구니에 열대의 계절이 쌓인다

겨울나무 배경음악

북풍에, 알몸으로, 벼랑 끝에 선 겨울나무, 침묵으로 바람에 낙서를 한다 낙서에는 소리가 있다 소리의 아가미는 허공에 걸치고, 허공은 백지에 침묵의 음표를 그리며 지독한 유전자를 뿌린다

지하도에서, 동전 소쿠리를 앞에 놓고, 그저 낙서 떨어지는 소리 기다리며 침묵하는 사람
겨울나무다
스타킹이 지나가고, 악어가 지나가고, 밍크가 지나가도 낙서하는 소리가 없다 소리와 소리를 만나지 못하는 침묵

침묵이 익어 퇴적되어 흐르는 절벽에 선 겨울나무, 싹을 수혈받지 못하는 내면의 혈류는 굳어 있다 계절의 순환을 메우지 못하며 계곡의 깊이를 가름 수 없는

주름살 얼굴
돌아가는 LP 레코드 속 재생은
선글라스 얼굴에 통기타치고 피리 부는 악사가 아니라

무음에서 득음으로 고개 숙이고 가난의 유전자에 계약된
그녀

　배경음악을 아무도 읽지 못하는 맹인의 거리
　절벽에서 뛰어 내려온 나무도 가로수로 동전 소쿠리 가
지에 달고 있다

　저 멀리 구세군 자선냄비 소리는 하나님 영역 안에서만
들리며

독서
— 연못에서

빗살무늬 토기의 눈을 뜨고
햇살이 독서를 하고 있다

자연의 사생활이 기록되어 있는
연잎을 읽고 있다

고대 상형문자로 해석할 수 없고
문명 문자로도 읽지 못하는
자연 사생활의 불립문자
햇살이 읽고 있다

또르르 또르르
햇살방울들 점자로 읽고 있다

가을풍경

억새풀꽃은
여름 내내 속으로만 삭이던
하얀 속내 드러내
갈바람에 흔들리듯 속삭이면서
자전거 바큇살 같은 햇살 탱탱한
가을의 가슴을 더듬고

구름도 누에고치 번데기 속
찜통 같은 더위에
축 늘어졌던 가랑이 사이를 추켜세우고
약 오른 고추잠자리
더 붉어지고

낮 뜨거운 낮달은 커튼을 가린다

장마가

　어제는 우주댐에 수문을 열더니
　오늘은 무지개에 줄을 매고 그네를 타고 있다 오락가락
하면서 아랫도리 열어 영역표시 하고 있다

　초목은 긴 혀를 내밀어 우유처럼 빨아 먹고, 양손을 더듬고

　비스킷 쪼가리 같은 낮달, 비키니 수영복으로 구름을 유
혹하는 사이
　햇살은 정육점 소고기처럼 뭉텅뭉텅 떨어진다 때때로 천
둥의 발가벗는 스트립쇼에 화끈하게 놀란 매미는 칠 년이
나 짧아지고 있던
　지구를 벗어 던지고 우듬지 올라 칠 일 동안 세레나데 콘
서트 열고

　부처님같이 가부좌 튼 산들도 모니터 정지화면으로 눈을
뜨고 있다

　구름 빌딩에

세 들고 있던 빗방울, 빚잔치로 대지로 도주 중이고, 허리케인에 허리 꺾인 버드나무 반병신 중이고, 입술 파래진 물달개비 늘어난 빗물에 철봉체조 중이며, 대지에 엉덩이째 미끄러지는 바람

응급실 찾는 것처럼 도망자로 보인다

태평양 태생인 그는 일 년에 한 번씩 머리에 띠를 두르고 왔다 갔다 하는 것이 우리 집 마누라 같다

절정

버너의 불꽃은
가속페달을 밟고

부글부글

양은냄비 속
라면은

오르가슴으로

엉킨 채
몸을 떨고 있다

제4부

귀뚜라미 우주

귀뚜라미는 모스부호를 타전한다

계절의 터널 입구를 지나 갈색으로 변할 시간을 깎아 초
록의 음표들로 굴비를 엮어 달빛에 타전하고 있다

내 귓속에서는 이명耳鳴이 타전되고 있다 환청이 빚쟁이
들처럼 몰려들고, 누전으로 뇌 회로가 깜깜한 밤에
귓속에서 귀뚜라미가 둥지를 튼다

귀청에서 떨어져 나온 음계들, 해독되지 않는 음표들의
촉수가 불안한 달빛을 타고 허공에 날고 있다 실패한 나로
호처럼

가청주파수대역에서 사라진 나로호
137초를 날다가 날개 접은 나로호
지금은 우주 미아로 어느 달팽이관을 떠돌까

귀뚜라미 소리는

날개 없이 날아오른다 우주 개펄에 뿌린 소금처럼, 표백
제처럼 음의 영역에서 기름만 짜고 있다

우리 집 귀뚜라미 보일러는 날개를 펴고 우주 궤도를 돌
고 있는데

시의 씨앗

시의 씨앗을 찾아 머릿속 서랍 먼지까지 털어 보지만 보이는 게 없다 보이지 않는 생각에 채널을 돌려 집을 나선다

골목에는 개소리쭉정이만 물고문처럼 으르렁거린다 뒤통수에서 고양이는 고향이 여기냐고 물고 늘어지는
골목 바지를 벗어 버리고

구슬 같은 두 쪽을 흔들며 (흔들리는 것도 어쩌면 쭉정이가 아닐까를 생각하며) 고라니가 사는, 어릴 적 냄새를 맡으며 산으로 간다 햇살에 샤워한 산나리 살냄새 코끝에 지문을 새기는데

마음에 페이지를 넘기니 모두가 언어로 보인다 새소리는 소통의 언어요, 흔들리는 풀잎은 몸짓의 언어이며 지나가는 구름도 상형 언어이다

발을 딛고 있는 흙도 언어의 자궁이며 흙 속에 뿌리를 박고 있는 나무는 언어의 체언, 나무 이파리마다 햇살이 타이

핑한 글자들 반짝이는

　언어의 숲속
　돌들도 꽃을 피운다 석화는 바다에만 있는 것이 아니라
이 산중에도 석화라니, 몰락한 왕조유물처럼 수만 년 가부
좌로 꽃을 피운다
　햇살을 다운받아 기록한 불립문자로

가락지는 감옥이다

잔잔한 호수에 빗방울은 떨어지면서 가락지를 낀다 잉어는 수면 위를 튀어 오르면서 가락지를 낀다 호수가 번득인다 가락지 끼면 감옥살이다 호수는 빗방울 감옥이다 잉어는 수면 위로 아무리 튀어도 감옥을

벗어나지 못하는 가락지, 우리에게도 있다 신호등을 건너려도 빨간 가락지가 걸리고, 버스 터미널에서는 시간의 가락지에 걸리고, 예쁜 여자 뒤태 훔치다가 마누라 가락지에 걸리고, 서울을 떠나려도 남대문이 걸리고, 시골 재래식 화장실에는 냄새가 걸리고, 돌멩이에 걸리고, 걸리고 걸리고 또 걸리고

하는 내 몸에도 가락지 구멍이 숭숭 뚫려 있다 속옷에는 팬티 구멍이, 관절에도 구멍이 숭숭 뚫려 바람이 뼛속을 여행한다 여행하는 신발에도 구멍이, 양말에도 구멍이 뚫려 구멍과 구멍이 내통한다 내 귓속에서는 귀뚜라미와 이명이 내통하고 있다 구멍과 이명은 서로 구멍 소리를 듣는다 귀고리도 가락지 구멍이다 눈도 가락지 구멍이다 눈구멍에는 물이 자꾸 흐른다 눈물을 닦으려고 눈 한 번 떴다 감으면, 도심 한복판에도 구멍이 뻥 뻥, 싱크홀에 자동차가 빠지고,

빌딩이 통째로 변기에 물 내려가듯 빠지는 구멍, 구멍이 아
닌 것도 구멍이고 구멍 사이에도 구멍인

　가락지 구멍은 감옥이다

트라우마

나는 문을 열고 방으로 들어간다
이불과 베개가 있는 내 위장 속으로
따듯한 공기들로 숨 쉬고
내부가 캄캄하게 벽으로 둘러싸여 있는 곳
내시경만 한 숨구멍만 남겨 놓고
창이란 창은 모두 걸어 잠근다

(창밖의 소통에는 소름으로 가득 차 있다
밖에 있는 사람 모두가
욕망의 호흡으로 페달을 밟는다
바닥이 보이지 않는 욕심이 이식될 때까지
졸음운전으로 질주를 하고 있다)

나는 소통의 단추를 풀고
베개를 베고 편안하게 눕는다

나는 벽의 숨소리만 들으면서
뒤집힌 내장을 다스린다

편안해진다 어둠의 이불을 덮고
소통이 차단된 이곳에서
충실하게 직분을 다한 쓸개와 간을
분리한다 이것들의 기능이 완벽하여
생각에 피를 보았다

나는 용궁에 가는 토끼처럼
간과 쓸개는
빼놓고 외출을 생각해 본다

책 무덤

K 교수님 정년퇴임으로 연구실 책을 옮긴다 무덤으로 갈
책들

끈끈한 타액으로
영혼의 거미집으로 족히 만 권이나 될 것 같은 책들, 페
이지를 벗어나 구형왕 돌무덤처럼 쌓이는

가락국 떠나는 마지막 왕의 행렬처럼 한때 영역을 떠나
오는 책들, 빛바랜 문장의 소리 뒤에 문장의 칼날에 목 잘
린 혼의 소리, 소리들 조문객처럼 따르고

한때는 태평천하를 다스렸던 왕의 심정 같은 책들, 책 속
의 주인은 말을 타며 강의실 등에 업고 영토를 달려 어느
숲 쉼터에서 새들을 불러 모았으리라
필요한 새의 입술에 언어의 살을 떼어주고, 산만한 이리
떼 머리 잘랐으리라

천 년을 넘게 무덤 속에서 꿈꾸는 왕의 마음같이 언어의

묘지로 보내는 책들은 천 년이 지난 후, 시간 속 미라로 발견될 것인가

  책의 무덤에는 제단이 없다

황사 1

모자란 봄날이 황사를 뒤집어쓰고
햇살에 걸레질하고 하고 있다

봄꽃들
호흡이 황사를 토해내느라
때로는 시들어가고
벌 나비는 날개를 접었다

향기도 봄인데
고비사막 황사 마스크로 포위당해
새들은 노래가 없다

아침이 저녁 같고 저녁이 아침 같은 것들
숨통을 막아야 숨을 쉴 수 있는
시계가 고장 난 오늘이다

늦가을 일기

꽃상여가 무너지고 있다
햇살을 태우고
구름이 밀고 가던
가을 상여가 무너지고 있다

나뭇잎은 피를 토하다가
혓바닥을 허공에 말아 올리고
바람이 조문을 해도
하고 싶은 말
겨울잠에 저장하려는 듯
여름을 복사하지 않는다

여름내 짓무르던 나무의
발가락 사이는
바람이 핥아 지나가고
백내장을 끼고 있는 나무의 눈마다
봄부터 열어두었던
바지의 지퍼를 올린다

놀부 곰방대

추석 성묘 가는 길이 꽉 막혀버렸다

고속도로 정체보다 더한

시멘트구조물이 절벽으로 막고 있다

끝없이 정체된 차량들 사이에서

날아서라도 가고 싶은 마음처럼

길을 찾아보지만 어디에도 길은 보이지 않는다

모든 길은 로마로 통한다는 말이 있듯이

이 길이 아니면 통할 수 없었던

어린 시절 내면의 지도에서

눈감으면 고속도로보다 훤하게 떠오르는

청보리가 물결치던 길

아버지와 아버지의 아버지들이 나뭇짐 지고

땀방울이 배여 있는 길

꼴머슴으로 꼴망태 둘러메고 깜부기 입술에

배고픔이 먼저 마실 오던 길

차마고도같이 작은 메줏골과 큰 메줏골로

사람들이 메주처럼 나란히 넘어 다니던 길

고구마가 넝쿨째 굴러다니던 밭에
누룽지백숙인가 하는
가든을 고구마 뿌리처럼 이식하더니
시멘트 골리앗이 길을 막고 있다

놀부 곰방대 허리에 차고

* 메줏골 : 진주시 명석면 관지리 신촌마을 앞 메주의 전설이 있는 두 골짝.

종중산소에 벌초하다가
― 꿈속에서

침침한 숲에서
젖무덤에 젖을 물고 있는 버섯들 보며

지금까지 그분이 살아 있다면
얼마나 많은 버섯을 몸에 피웠을까
생각하고 있는데

천 년을 젖무덤에서
젖을 먹고 아이가 되었다는 그분이
버섯 향기를 풍기며
배냇저고리를 입고 나와서
나에게 넙죽 절을 한다

내 혼은 화살 맞은 풍선이 되고
조난당한 구름이 되고
내 몸은 그 자리에 선 채로 망부석이 되었다

(그동안 강산이 몇 번이나 변했는지)

칡넝쿨이 이끼 낀 내 몸통을 감고 있다
망부석 발에서 뿌리가 내리고
두더지가 뿌리를 헤집는 고통에도
나는 움직일 수가 없다

광제산봉화대*

백 년 만의 폭설이라고, TV 화면 속에서 외치는 아나운
서 공포의 목소리가 우리 집 정원에 수북이 쌓일 때까지
나는 한참 궁금하였다

정원을 털어 신고

궁금증을 어깨에 메고 혼자 광제산으로 간다 태초에 길
처럼 아무도 가지 않는 길, 고라니와 새의 발자국만 화석처
럼 새겨 놓은 길, 내 발자국을 오솔길에 거스름돈으로 남기
면서 간다

백색, 공포의 세상
어젯밤 공포의 무게 견디지 못하고 어깨를 부러뜨린 소
나무 피 냄새를 맡으며

하얀 수의를 입고 행렬하는 나무들 사이에서
수의 자락이 어깨에 걸려 흘러내리는 공포가 피부를 스
칠 때 나는 빙하기의 공룡처럼 백색 계곡으로 미끄러진다.

삶보다 깨끗이 빛나는 죽음의 세상

적막으로 정지해버린 생명들, 숨소리조차 덮어버린 백색

시끄러운 어제는 어디 가고

저 멀리 봉수대 공포가 하얗게 얼어 있다

* 광제산 : 경남 진주시 명석면에 봉화대 유적이 있는 산.

칠선계곡

지리산에 칠 선녀가 살았다는
계곡으로 간다

개울물 소리는 햇살과 입맞춤하고
바람은 나뭇잎들과
술래잡기하는 곳이다

문명의 흔적이라고는
보이지 않는
이브가 선악과를 먹기
이전의 동산 같다

태초의 그림이 그대로인 이곳에서
나는 문명의 옷을 입고 있는 것이
오히려 부끄러움을 느낀다

문명의 옷가지 벗어 던지고
나는 태초의 자연인으로

그 옛날 선녀가 목욕했다는
선녀탕으로 들어간다

몸이 가려워진다
근질근질하다가
몸에서 벌레들이 기어 나온다

세속 생활 몸속에 기생하던
사생활의 단어들이
문장이 숨을 쉴 때마다
구더기처럼 기어 나온다

건더기

김치찌개에는 무엇보다 국물에
돼지목살 건더기가
김치와 수영하면서
숨바꼭질해야 맛이 난다

(시詩에서도 마찬가지로
건더기가 있어야 맛이 나는데
어쩌다 건더기 없는 시를 읽으면
앙꼬 없는 찐빵 맛이다)

나는 지금까지 앙꼬 없는
김치찌개만 먹어왔다
마누라는 돼지가 똥구덩이에서
헤엄치는 동물이라
김치찌개에 건더기로
돼지가 섞이면 더러운 줄 알고
순수한 김치만으로
찌개를 끓여 주었다

나 혼자 김치찌개를 끓일 때
지금까지 김치찌개에서
못 먹은 돼지목살
소급해서 한꺼번에 다 넣었더니
김치찌개가 아니라
돼지찌개가 되었다

뱃속에서 앙꼬가 꿀꿀거린다

꽃보다 아름다운 꽃

꽃이 핀다 꽃이 핀다 사람 몸에서 꽃이 핀다 얼굴에서 꽃이 핀다 머리에서 꽃이 핀다 머리핀에서 꽃이 핀다

웃음도 꽃이다 웃는 얼굴도 꽃이다 인상도 꽃이다 웃는 인상도 꽃이다 마음도 꽃이다 사랑하는 마음도 꽃이다 생각도 꽃이다 생각하는 마음도 꽃이다 윙크도 꽃이다 윙크하는 인상도 꽃이다 눈썹도 꽃이다 깜박이는 눈썹도 꽃이다 눈동자도 꽃이다 보조개도 꽃이다 듣는 귀도 꽃이다 이빨도 꽃이다 입술도 꽃이다 말하는 입도 꽃이다 말하는 입술도 꽃이다 입술에 붉은 루주도 꽃이다 푸른 루주도 꽃이다 눈물도 꽃이다 콧물도 꽃이다 하품도 꽃이다 얼굴에 생채기도 꽃이다 여드름도 꽃이다 두통도 꽃이다 기침도 꽃이다 재채기도 꽃이다

기침에서 꽃가루가 흩날린다

재채기에서 꽃가루가 분사된다

꽃의 씨앗들이 둥둥 떠다니는 사람들 몸

여자는 한 달에 한 번씩 미술의 꽃을 피운다

미래의 도시

노을이
검은 하혈을 하는
도시에는
흙비가 내리고
태양은 제 묘지명을 들고
지구를 떠난다

가로등도
눈을 감은 거리
뱀 같은 어둠이 우글거리며
스산한 바람은
은행잎 시체로
공중에 무덤을 만든다

생의 비극은 언제나 끝날 것인가

이승하

생의 비극은 언제나 끝날 것인가

이승하

(시인, 중앙대 교수)

우리 시단에서 한때 '정신주의'라는 말이 유행한 적이 있었다. '극서정시'도 뒤이어 자주 듣던 새로운 시의 형태였다. 모두 시인이자 문학평론가인 최동호 씨가 쓰기 시작한 말이다. '정신주의'는 영어로 'Spiritism'이라고 쓰는데 원래는 유심론과 같은 의미로 사용되어 심령주의, 심령술, 심리치료 같은 것을 뜻하는 말이었다. 최동호는 이런 뜻으로 정신주의를 쓴 것이 아니라 정지용·한용운·이육사·조지훈·조정권 등의 시를 설명하면서 초월주의나 동양사상의 다른 말로 쓴 것이었다. 서구 모더니즘의 세례를 받아서 한국의 현대시가 출발했다고 하지만 최동호는 우리 시의 정수를 보여주었던 시인들이 저마다 불교적 · 유교적 · 노장적인 정신의 높은 경지에 다다랐다고 보았다. 그래서 드높은 정신세계나 숭고한 시정신을 보여준 시, 영혼을 울리는 시를 '정신주의'를 표방하는 시라고 하면서 이 용어를 쓰게 되었다.

극서정시는 하이쿠처럼 극단적으로 짧은 시는 아니지만 시조를 방불케 할 정도로 짧은 시를 써보자는 운동의 일환으로 쓰기 시작한 용어다. 시조는 음수와 음보를 정형에 맞춰 써야 하지만 극서정시는 자수 맞추기에 구애받지 않고 자유롭게 쓰되 비교적 짧게 쓴 시를 일컬었다. 최동호 본인이 운영하는 서정시학사에서는 극서정시를 표방한 시집을 시리즈로 발간하고 있는 중이다. 우리 시인 중에 비교적 짧은 시를 쓴 시인으로는 김종삼이나 박용래, 박재삼 등이 있었고 말년의 박정만이 그러하였다. 현존시인 중에는 유안진 · 서정춘 · 송승환 등을 손꼽을 수 있을 것이다.

손나래의 시는 이와 반대로 정신주의가 아닌 육체주의를, 극서정시가 아닌 이야기시를 지향하고 있다. 시인이 인간의 몸에 대해 줄기차게 이야기하고 있기에 이 시집에 대한 해설은 『몸』, 『몸과 광기의 언어』, 『몸과 그늘의 미학』 같은 문학평론집을 낸 이재복 한양대 교수가 적임자일 것이다. 그리고 관념의 시를 쓴 김춘수보다 이야기시를 쓴 백석을 더 좋아한

유종호 씨가 적임자일지도 모르겠다. 하지만 해설의 글을 내가 써야만 하는, 뿌리칠 수 없는 인연이 있기에 펜을 들었다. 내가 아는 손나래 시인에 대한 정보 중 하나는 전직이 경남 진주의 시내버스 기사였다는 것이다. 버스 모는 일을 그만두고 시를 쓰기 위해 진주에서 서울의 중앙대학교로 매주 통학을 했다. 그것도 2년 동안이나. 한마디로 말해 그는 악바리였다. 도대체 시가 무엇이기에.

　　나는 시내버스 기사다

　　출근길 해골들이 정류장에 모여 있다
　　모자를 쓰고 있는 해골
　　핸드백을 들고 있는 해골
　　가방을 메고 있는 해골
　　부자도 가난뱅이도 똑같다

　　서로 인사 없이 얼굴을 쳐다보면서도
　　해골이 된 것을 아무도 모른다

　　스마트폰 손에 들고
　　이승으로 통화만 하고 있다

　　　　　　　　　　　　　　　　　　　　　　　　　　─「MRI」 부분

시의 화자를 처음부터 분명히 밝히고 있다. 출근길에 운전하는 시내버스 기사의 눈에 들어온 승객은 모두 해골이다. 왜 해골인가. "서로 인사 없이 얼굴을 쳐다보면서", "스마트폰 손에 들고/ 이승으로 통화만 하고 있"기 때문이다. 아닌 게 아니라 서울에서도 출근길에 사람들은 십중팔구 스마트폰을 들여다보고 있다. 그 기계 속에 신문이 들어 있고 게임기가 들어 있고 음악연주자가 들어 있다. 의무가 들어 있고 업무가 들어 있다. 대화할 상대방이 들어 있고 회의할 집단이 들어 있다. 그런데 그곳은 아직은 저승이 아니고 저승으로 가는 길이다.

　　나는 하루치 저승으로 갈

　　해골들을 버스에 태운다

　　버스 손잡이에 해골들이

　　주렁주렁 매달린다

　　박쥐가 동굴에 매달려 겨울잠 자듯이

　　새벽에 다 소화하지 못한

　　하품을 게워 내고 있다

　　과속방지턱을 넘을 때마다

　　어젯밤 침대가 덜컹거린다

　　교차로를 지날 때마다

　　더듬이를 곧추세우는 해골들

　　지나가던 생각이 붉은 신호등을 받으면

저승으로 가는 멀미가 정지선에 멈춘다

　　　　　　　　　　　　　　　　　　　—「MRI」부분

　시내버스 기사가 승객들을 태우고 저승으로 가고 있다고 하니까 모골이 송연해진다. 하지만 왜 이런 극단적인 상상을 하게 되었나를 생각해보면 이해가 가지 않는 것이 아니다. 남녀노소를 막론하고, 부자도 가난뱅이도 똑같이 들고 있는 스마트폰, 우리는 모두 기계의 노예가 되어 있는 것이 아닌가. 게임도 중독성이 있지만 스마트폰 자체도 손에서 놓지 못하게 하는 중독성이 있다. 그런데 왜 제목이 'MRI'일까? 자기공명영상(Magnetic Resonance Imaging)의 준말인 MRI는 사람의 몸 상태를 검사하는 기술인데 자석으로 구성된 커다란 장치에서 인체에 고주파를 쏘아 인체에서 메아리와 같은 신호가 발산되면 이를 되받아서 디지털 정보로 변환하여 영상화하는 것을 말한다. 시인이 파악한 인간들이 하나같이 육체와 영혼이 분리된 존재라는 뜻이다. 몸은 버스를 타고 내리지만 영혼은 모두 기계에 빨려 들어가 있으니 해골들이고, 그 해골들이 저승행 버스를 탄 것이라는 진단을 해본 것이다. 시인이 보건대 스마트폰은 도깨비이기도 하다.

　지구에서 스마트폰은 도깨비입니다
　매뉴얼에 이파리만 두드리면 시스템라인으로 나무에 필요

한 것들이 배달됩니다 버스정류장에서도 나무들은 한 발짝 움직이지 않아도 BIS 정보자동시스템으로 하루치 시간의 토양에 배달하여 심어줍니다

　토양성분에 따라 흑색 백색 황색종이었으나 혼종교배로 이제는 황금색으로 통일이 되는 중입니다

　나뭇가지마다 황금이 주렁주렁 열리고 있습니다 사람들은 황금을 보면서 황금같이 시들어가고 있습니다
　　　　　　　　　　　　　　　　　—「지구 특파원 보고서 1」 부분

　스마트폰은 금 나와라 뚝딱 은 나와라 뚝딱 하는 도깨비다. 손바닥만 한 기계 안에 컴퓨터와 비디오와 오디오와 계산기와 게임기와 전화기가 다 들어 있다. 비서도 한 명 그 안에서 일하고 있다. 지구온실 속의 나뭇가지마다 황금이 주렁주렁 열리고 있는 것은 좋은데 사람들이 그 황금을 보면서 "황금같이 시들어가고 있"다. 즉, 여기서 황금은 좋은 뜻으로 쓰이고 있지 않다. 누렇게 시들고 있으니 황엽현상인가? 아니면 황금숭배사상에 대한 비판인가? 아무튼 시인은 지구상의 인간들이 황금으로 치장을 하면서 황금같이 시들어가고 있는 것을 비판하고 있다. 이제 시인의 몸 담론에 귀를 기울여보자.

　수술하기 위하여 아랫도리 마취를 한다

쪽팔리게도

간호사들이 둘러선 가운데

숲속까지 보여주고 꽃밭에 물 줄 일 없는

수도꼭지에 호스까지 꽂아야 하는 부끄러움도

마취를 한다

생각해보면 우리는

처음부터

쪽팔리게 태어난 것이 아니던가

—「가까이 하기에 너무나 아픈 똥구멍」부분

시의 화자는 치질 수술을 받았나 보다. "간호사들이 둘러선 가운데/ 숲속까지 보여주고 꽃밭에 물 줄 일 없는/ 수도꼭지에 호스까지 꽂아야" 하니 그 부끄러움은 이루 말할 수 없다. 그래서 '쪽팔린다'는 말을 이 시에서 네 번이나 한다. 마지막 연에 가서는 인간을 이렇게 정의하기에 이른다. 사고하는 존재(Homo Sapiens)나 유희를 즐기는 존재(Homo Ludens)가 아니라 똥을 싸야 하는 존재라고 말이다. 얼마나 적실한 표현인가. 배설작용이 원활하지 못하면 우리는 살 수가 없다.

　　수술을 마치고 훈장같이 달고 나온

　　무통제 링거수액이 아픔을 위로 하고 있다

소통이 고통이 되는

제조공정을 거친

거친 시위대 같은 똥들이 밀려 나오고

붉은 피가 터지게 통제하는 사이에서

최루탄 가스가 난무하고 있는 현장에

변태便胎의 난산은 계속된다

　　　　　—「가까이 하기에 너무나 아픈 똥구멍」 부분

　인간은 배설기관이 제대로 작동하지 않으면 죽을 수밖에 없다. 변비가 심하면 관장을 해주어야 한다. 별것 아닌 치질도 심해지면 수술을 해야 한다. 똥구멍의 기능은 무엇인가. 방귀를 뀌고 피똥을 싸고 똥 무더기를 배출한다. 시인은 이런 일련의 배설행위와, 그것을 담당하는 신체의 부위를 아주 냉철하게 묘사하고 있다. 인간의 몸은 결코 거룩하거나 숭고할 수도 없으며 그저 복잡한 신체 기관들이 몰려 있는 '肉身'일 따름이라고 생각하고 있는 것이다. 사실 그렇지 않은가. 한 끼만 굶어도 배 속 내장들은 공복을 알리는 꼬르륵 신호를 보내온다. 그리고 기온이 올라갈수록 피부는 땀을 배출한다. 땀을 배출하여 체온조절을 하지 못하면 생명을 유지하기가 어렵다.

　　몸에 땀의 역할이 없다면

육체의 영토는 사막처럼 황폐해질 것이다

푸석이는 갈대를 닮아 갈 것이다

TV 화면 속 먼지를 뒤집어쓰고 있는

저 아프리카 아이

모래바람이 육체를 스쳐도 더 마를 것 없이

갈대처럼 된 것도

영양실조가 아니다

먹지 못해서 가죽과 뼈만 남아

해골로 보이는 것이 아니다

필시 제 몸에

땀의 영역을 확보하지 못했으리라

—「백일홍」 부분

　시인은 "TV 화면 속 먼지를 뒤집어쓰고 있는/ 저 아프리카 아이"가 영양실조로 가죽과 뼈만 남은 것임을 잘 알고 있다. 하지만 "제 몸에/ 땀의 영역을 확보하지 못해" 저렇게 된 것이라고 말한다. "땀은 내 몸을 수호하는 전사들"임을 강조하기 위해서 구사해본 역설인 것이다. 오래된 사랑니를 뺀 화자에게는 지나가는 사람들이 "이빨의 뿌리가 걸어가는 모습"(「사랑니」)으로 비친다. "용궁에 가는 토끼처럼/ 간과 쓸개는/ 빼놓고 외출을 생각해"(「트라우마」) 보기도 한다.

어쨌든 손나래 시인은 시내버스를 수십 년 동안 몰면서 살아온 사람이다. "버녀의 불꽃은/ 가속페달을 밟고"(「절정」), "숨겨놓은 애인을 찾아/ 오늘을 뻥땅 쳐야지"(「뻥땅」), "바닥이 보이지 않는 욕심이 이식될 때까지/ 졸음운전으로 질주를 하고 있다"(「트라우마」) 같은 시구를 보면 직업의식을 은연중에 노출하고 있음을 알 수 있다. 고된 나날이었을 것이다. 충분히 대우를 받지도 못했을 것이다. 시인이 생각하는 우리 사회의 현주소도 미래의 모습도 그다지 밝지 않다. 머리를 쓰지 않고 몸을 쓰는 이의 세상살이는 예전에도 힘들었고 지금도 힘들다. 아래 시에 나오는 시인의 몸 담론도 영 밝지 않다. 몸이 피곤할 정도가 아니라 피를 흘리고 있다.

목이 잘려 천 년을 살아온

부처를 생각해 본다

미처 부처가 되지 못해도

목이 잘린 사람들

걸어 다니고 있다

지하철과 버스터미널에도

목에 풀칠을 단단히 하지 못한 사람

목이 떨어져 피를 흘린다

이차돈의 잘린 목에서는

흰 피가 솟았다는데

요즘 사람들

검은 피가 흘러내린다

―「비정규직」 부분

　목이 잘린 사람은 해고된 사람이다. 경주 남산 같은 데를 가보면 목 잘린 부처상을 많이 볼 수 있다. 비정규직으로 있다가 그마저도 해고되면 목이 떨어져 피를 흘리는데, 그 색깔이 검은색이다. 먹물인 것이다. 요즘은 학력이 높고 학점이 좋은 사람이라고 해서 반드시 기업이 기다려주지는 않는다. 채용 경쟁이 심하다보니 입사 원서를 백 군데 냈는데 단 한 곳에서 연락이 왔더라는 마음 아픈 이야기도 들린다. 취업이 워낙 어려우니까 일단 비정규직으로라도 들어가서 경력을 쌓아나간다. 그러나 비정규직은 모기 목숨이요 파리 목숨이다. 직원으로서 권리를 갖기 어려우며, 언제 해고될지 알 수 없어 불안하다. 불만의 소리도 내뱉을 수 없고, 찬밥 더운밥 가릴 수도 없는 신세. 누구보다 열심히 일해도 회사 사정에 따라 해고되고, 검은 피를 흘리며 쓰러진다. 시인이 생각하는 미래 도시의 모습은 이렇다.

노을이

검은 하혈을 하는

도시에는

흙비가 내리고

태양은 제 묘지명을 들고

지구를 떠난다

　　　　　　　　　—「미래의 도시」 부분

　미래 도시의 모습이 너무나 어둡다. 문명의 발달이 우리 인
간에게 복락을 가져주지 않는다고 시인은 생각하고 있다. 어
느 날은 신문 기사를 보고 큰 충격을 받기도 한다. 예멘에서
13세 신부가 23세 신랑과 결혼을 했는데 생식기 과다 출혈로
결혼 3일 만에 죽기도 하니, 이 세상에는 얼마나 많은 비극적
인 일들이 연출되고 있는가.

　　모래바람에 상처를 꽃피우고 있다 화농의 꽃, 연지곤지처
　럼 붙이고 있는 얼굴에 예멘 13세 신부 새신랑같이 달려드는
　저 파리 떼 쫓지 않는다 극심한 영양실조로 팔에 힘이 없어가
　아니다 다른 생명들에게 살신성인하는 것이다 눈동자는, 퍼
　가세요 마음대로 나를 퍼가세요
　　저항하지 않을래요

　　　　　　　　　—「차일드마더」 부분

　같은 시에는 부모가 물려준 병 에이즈 합병증으로 일어서

130

지도 못하는 네 살 소녀 아비요 마시다가 등장한다. 개미를 주워 먹고 살다가 개미들이 배 속에서 알을 까고 번식하는 광경을 비극이라고 아니 할 수 있겠는가. 이처럼 손나래 시인의 시에 나오는 인간의 신체는 비극의 현주소요 고통의 현장이다. 고대 로마의 시인 유베날리스는 「풍자시」에서 "건전한 신체에 건전한 정신이 깃든다."라고 했는데 손 시인의 시를 보면 신체의 각 부위는 아프고, 신체를 총괄하는 정신은 암울하다. 시가 대체로 어두운데, 이 어둠은 당연히 밝음을 지향하고 있다. 밤만 계속된다면 생명체들은 어떻게 살아갈 수 있겠는가. 절망한 사람은 희망이라는 말의 뜻을 너무나 잘 안다. 혹독하게 아픔을 겪어본 사람은 아프지 않은 몸 상태가 얼마나 큰 축복인지를 안다.

　손 시인의 몸에 대한 이런 비극적인 인식이 어디서 유래했는지 알게 하는 시가 있다. 아래의 시는 허구가 아니라 가족사의 일부 같다. 아버지 이야기도 사실에 근거한 것 같다.

　　아버지 경칩의 문을 열고 나올 때부터 아버지는 다리가 하나만 있는 줄 알았다

　　자라면서, 소말리아 아이처럼 가난에 시달리는 것이 아버지 다리 하나를 잃어버린 탓이라는 것도 알았다

나는 도토리묵처럼 잘려 나간 아버지 다리를 찾기로 했다

(일제강점기 큰아버지는 징용에 가고 아버지는 식구들을
먹여 살렸다 주식은 칡제비였다 서리가 내리던 가을날 오후
였다 칡을 캐오던 아버지는 신작로에 일광욕하던 독사를 밟
았다)

발등에 두 점 문신이 새겨졌다

그날 밤, 온 동네는 통증으로 수군거렸다
$\qquad$—「독사」 부분

때는 일제강점기 때였다. 독사에 물려 며칠 울부짖기만 한
아버지는 돈이 없어 병원에 갈 수 없었다. 독은 살을 썩게 해
뼈가 드러났다. 결국 일본인 의사를 찾아가서 치료를 받게
되었다. 한쪽 다리를 톱으로 잘라냈으니 그 통증이 어떠했을
까?

발등에 뼈가 드러났다 살아 있는 송장으로 진주도립병원엘
갔다

일본인 의사는 아버지를 마루타로 생각했다 다리에 홍부가

박을 타듯 톱질을 시작했다 통증이 보석처럼 빛났다 자애로
운 의사는 빛나는 통증에 조소嘲笑를 싸매 주었다

　궂은 날이면 잘려 나간 다리 울음소리가 들렸다 아버지는
세숫대야 찬물로 울음을 달랬다

—「독사」 부분

　진주도립병원의 일본인 의사 덕에 아버지가 살아난 것일
수도 있다. 의사가 마루타로 생각했다는 시의 내용을 유추해
보면 마취는 제대로 했을 리 없다. 수술은 톱으로 다리를 잘
라 아버지는 불구자가 되고 말았던 것이다. 그래서 시인이 어
렸을 때부터 아버지는 다리가 한쪽 없었다. 잘려 나간 다리가
아픔을 느끼는 것을 환상통이라고 한다. 일부 남아 있는 다리
를 찬물에 넣는 것으로 그 통증을 달래던 아버지를 시인은 기
억하고 있다. 시인이 왜 인간의 몸에 대해 관심을 떨쳐버리지
못하고 있는지, 이 시가 잘 말해주고 있는 것이다. 하지만 시
인의 인생관과 세계관이 어둡기만 한 것은 아니다.

　나그네가 몰려온다
　이마에 진주 같은 방울이
　맺히기 시작한다
　입술과 혓바닥 사이

경련이 일어난다

꽃 비늘이 떨어진다

비단잉어 등짝 같은 대지

토닥토닥 봄비가

지느러미를 치고 있다

―「4월」 부분

봄을 정말 생동감 있게 표현하고 있다. 대다수 시인이 봄을
'개화'로 인식하는데 손 시인은 운동에 따른 신체의 변화를 특
히 비단잉어의 몸놀림으로 표현하고 있다. 봄비 내리는 광경
을 비단잉어가 지느러미를 치고 있다고 표현한 것은 어디에
서도 본 적이 없다. 즉, 손 시인이 추구하는 세계는 생명체의
운동성이다. 몸의 자유로움, 몸의 상쾌함, 몸의 운동성이 중
요하다. 살아 움직여야 생명체인데 기계들이 우리 몸의 자유
를 억압하고 있어 못마땅하다. 사람의 몸은 직립보행하게끔
되어 있는데 우리는 의자에 앉아서 생의 대부분을 보낸다. 안
락의자가 아니면 승용차의 좌석에라도 앉아서 하루를 보낸
다. 모처럼 등산을 하지만 하산한 뒤에는 술에 취하고 피곤하
여 등을 대고 누워버린다. 「황사」 연작시도 통렬한 문명비판
시다.

봄꽃들

호흡이 황사를 토해내느라

때로는 시들어가고

벌 나비는 날개를 접었다

향기도 봄인데

고비사막 황사 마스크로 포위당해

새들은 노래가 없다

―「황사 1」부분

사막이 하늘에 떠 있다

비상구도 삭제된 고독한 문장으로

우주를 가로막고 있다

우주와 소통하던 그 길이

꽉 막힌 변기통처럼

지금은 내통도 불통이다

―「황사 2」부분

사막 영혼들이 떠도는 하늘

착지에 실패한 햇살이 묘비를 세우듯

삭막하게 시간이 멈추어 버린 곳

얼룩이 지는 지평선 위에

사월의 생각은 허공이 지배한다

　　　　　　　　　　　　　　　　　　　　　　―「황사 3」 부분

　황사는 중국과 몽골 내륙에서 발생한 미세한 모래먼지가
편서풍을 타고 날아와 우리나라에 가라앉는 현상이다. 모래
먼지 속의 알칼리성 성분이 산성 토양을 중화시키고, 해양 플
랑크톤의 먹이가 된다는 긍정적인 측면도 있지만 사람이나
가축의 호흡기 질환, 심혈관 질환, 눈병 등 각종 질병을 유발
하기에 우리로서는 피해 방지에 골몰할 수밖에 없다. 그런데
하늘에서 날아오는 것이니 방지책이 별로 없다. 시인은 황사
를 우리를 위협하는 자연의 경고문으로 이해하고 있다. 자연
의 경고 메시지를 인간이 무시한다면? 자연과 인간이 함께 멸
할 수밖에 없을 것이다. 자타공멸이 눈앞에 훤히 보이는데도
우리 인간은? 4대강을 개발하고, 저층아파트를 고층아파트로
재개발하고, 그린벨트를 해제한다. 100세를 살면 무엇하는
가. 온통 몸이 아픈 사람뿐이라면. 우리에게 필요한 것은 산
소마스크가 아니라 맑은 공기다. "숨통을 막아야 숨을 쉴 수
있는/ 시계가 고장 난 오늘"(「황사 1」), 시인이 그린 그림에는
오아시스가 없다고 절망한다(「황사 2」). 오늘도 시인은 "내면에
불시착한 유목의 입자들"을 "머나먼 미지로 돌려보내면서 초
원을 상상"(「황사 3」)한다. 상상하지도 못하면 우리는 산 주검
이며 죽은 생명인 것을.

버스를 몰다가 작파하고 시인이 되려고 2년 동안 진주-서울 간을 통학했다는 말을 앞서 했다. 시와 시인에 대한 열망을 토로한 것이 꽤 된다.

> 시를 쓰기 위하여 옷을 벗는다
> 직장 서류뭉치에 얻어맞던 스트레스 옷
> 누구에게도 스트레이트 한 방 날리지 못한 마음으로
> 등록금 벌기 위해 석유 냄새나는 옷 벗는다
> 산유국 아들이 되지 못한 마음 석유처럼 쏟아 내면서
> 외도하고 바람이 잘 통하는 옷
> 내통했던 양심까지 벗는다
> 벗을 것 다 벗어 버리고
> 원고지 같은 바닥에서 먹을 갈고 있다
> 달이 다 닳도록 먹을 갈고 있다
>
> ─「육필肉筆」 부분

"석유 냄새나는 옷을 벗고" "달이 다 닳도록 먹을 갈고 있"는 이가 바로 손 시인이다. 오로지 꿈은 "언어의 백정"(「요리」)이 되는 것이었다. "닭똥집에 똥 털어내듯이/ 관념을 털어내/ 양념이 배어 있는 고기들"을 만들고 싶었다. 시를 썼다. 스승은 꾸지람을 해댔고 투고하면 번번이 낙선이었다. 그래도 시의 씨앗을 찾아내는 일을 멈추지 않았고, 씨앗을 땅에 뿌려놓

고 싹이 나기를 기다렸다.

　시의 씨앗을 찾아 머릿속 서랍 먼지까지 털어 보지만 보이
는 게 없다 보이지 않는 생각에 채널을 돌려 집을 나선다
—「시의 씨앗」 부분

　집을 나서서 서울행 버스에 몸을 실어보지만 가시적인 성
과는 금방 나오지 않았다. 정말 울화 앙앙한 나날이었을 것이
다. 수료 후 2년 정도 시와 일부러 담을 쌓기도 했다. 하지만
지난날 쌓았던 돌탑이 너무 아깝게 여겨졌다. 도대체 어떤 삶
이 문법적인 삶인가.

　나는 주어를 잃어버렸다
　호주머니 뒤적거리고, 올 데 없는
　손전화만 만지작거리면서
　만지지 못하는 사랑은 문법적으로 외로워진다
　사랑은 생활에 제1의 주어이지만
　마음의 질량이 번지를 유예하면서
　나는 명사에게 전화를 할까 망설이다가
　동사에게 생각을 수신호로 보낸다
　신호등보다 수신호를 우선하는 자동차들처럼
　자동으로 달려오는 자동사는 주어를 찾으려고

문장에 화려한 수사법을 덧칠하지만

주어를 찾지 못하는 나는

생각의 한계를 벗어나지 못하고

문법적으로 안전하게 슬퍼진다

— 「문법적인 삶」 부분

　주어를 잃어버린 이후 찾지 못한다는 말을 문맥대로만 해석해서는 안 된다. 시의 소재 선택, 주제 설정, 비유의 묘미 등 무엇 하나 제대로 확립하지 못해 고민하는 나(자아, 내면, 혹은 주체)에 대한 절망감을 이렇게 표현한 것이다. "용언은 형용사에 몸을 섞어보지만/ 수식이 되지 않고 서술격조사로 헷갈리어/ 바탕화면에 커서만 껌벅거"리니 답답하여 죽을 노릇이다. 김삿갓문학제에 갔더니 "대한민국 시인/ 천 명이 모인 속에 내가 있다". 이때만 하더라도 시인이 되기를 열망했던 시절이었다.

나는 혹독한 비무장이다

무섭다

알몸으로

그 속에 비비고 있으니

갑옷의 솔기 자락만 스쳐도

내 피부에서 피가 난다

— 「나의 주소는」 부분

시인이 된 이제 이 모든 고통이 끝났는가? 그렇지 않다. 오히려 투고하고 떨어지던 시절의 치기만만함이 더 이상 통하지 않는 기성시인의 대열에 위태롭게 섰다. "문장에 마침표를 / 찍지 못하고 미늘에 걸린 물고기처럼/ 뻐끔거리고 있"(「육필肉筆」)을 뿐이다.

시인이 되었으니 "길을 찾아보지만 어디에도 길은 보이지 않는다"(「놀부 곰방대」). 당연한 일이다. 시인의 길을 가기가 그렇게 쉬운 거라면 애당초 시인이 될 꿈을 꿀 필요가 있었겠는가. 시인은 오랜 꿈을 이루어 시인이 되었고 이제 첫 시집을 준비하고 있다. 옛사람들의 말을 흉내 낸다면 '앞길이 구만 리 같은 시인'이다. 늦깎이라고 초조해할 이유가 없다. 좋은 시를 많이 읽고, 인간 삶의 비밀에 대해 깊이 고민한다면 좋은 시인이 되는 길은 열리게 마련이다. 다행히 시인은 탐구욕이 왕성하다. 다양한 장르의 책을 읽고, 시 쓰는 일을 게을리하지 않으면 이후 더 좋은 2시집, 제3시집을 세상에 내놓을 수 있을 것이다.

책을 한참 펼치고 있으면

책 속에서

활자들이 살아서 기어 나온다

스멀스멀 지면을 밀어내고

책상에서 바닥으로 기어 다니다가

벽을 타고 오르다가

떨어지고 또 기어오르는 것들

—「식욕이 왕성하다」 부분

　이런 각오를 하고 있으므로 안도의 숨을 내쉬게 된다. 지배
紙背를 철徹하는 각오로 적극성을 갖는다면 못 이룰 것이 무엇
이겠는가. "먹어도 먹어도 포만감이 없는/ 내 마음의 위장"은
시인에게는 당연한 허기이며 결핍증상이다. 이러한 글 욕심
이야말로 진정한 시심이다. 왕성하게 책을 읽고 시의 씨앗을
뿌려 우리 시를 풍성하게 할 것을 믿고 기원하는 바다. 2년 동
안 진주에서 서울까지 통학하면서 시의 밭을 경작한 열정이
있었으니 그 마음을 앞으로도 잃지 말기를 바란다.▨

| 손나래 |

본명 손석만. 1954년 경남 진주에서 출생하였다. 방송통신대학 국어국문학과를
졸업하였으며, 중앙대학교 예술대학원 문창과(시 전문가 과정)를 수료하였다. 2011년
근로자문학상(시 부분)을 수상하였고, 2017년 『월간문학』으로 등단하였다.

이메일 : ssm2945@hanmail.net

지구 특파원 보고서 ⓒ 손나래 2018

────────────

초판 1쇄 발행 · 2018년 7월 30일
초판 2쇄 발행 · 2019년 3월 7일

지은이 · 손나래
펴낸이 · 이선희
펴낸곳 · 한국문연

서울 서대문구 증가로 31길 39, 202호
출판등록 1988년 3월 3일 제3-188호
대표전화 302-2717 | 팩스 · 6442-6053
디지털 현대시 www.koreapoem.co.kr
이메일 koreapoem@hanmail.net

ISBN 978-89-6104-214-7 03810

값 9,000원

＊ 잘못된 책은 바꾸어 드립니다.

이 도서의 국립중앙도서관 출판시도서목록(CIP)은 서지정보유통지원시스템 홈페이지(http://seoji.nl.go.kr)
와 국가자료공동목록시스템(http://www.nl.go.kr/kolisnet)에서 이용하실 수 있습니다.
(CIP제어번호: CIP2018022874)